Kleider-Lädchen

Karin Gräfin zu Solms-Laubach

Kleider-Lädchen

skurrile Geschichten aus dem
Second-Hand-Shop

Bibliografische Information der Deutschen Nationalbibliothek:
Die Deutsche Nationalbibliothek verzeichnet diese Publikation in der Deutschen Nationalbibliografie; detaillierte bibliografische Daten sind im Internet über http://dnb.dnb.de abrufbar.

Herstellung und Verlag: BoD – Books on Demand, Norderstedt
ISBN:9783743114708

Für meine Familie, meine Freunde   und
alle, die gerne meine Bücher lesen

Seit 10 Jahren arbeite ich einmal die Woche an einem Nachmittag im Kleiderladen einer karikativen Einrichtung. Es gibt dort gebrauchte Kleider, Küchen- und Einrichtungsutensilien, Bücher und andere obskure Gegenstände, die andere nicht mehr wollen und bei uns abgeben. Hier kaufen überwiegend Menschen mit wenig Einkommen und solche die mit genügend Geld sehr sparsam sind. Ab und zu verirrt sich auch ein Kleinmillionär, hauptsächlich wegen solcher Artikel, die es nur auf Flohmärkten gibt oder den Weg aus verstaubten Kellern zu uns gefunden haben. Der Job dort gefällt mir ausgesprochen gut, besonders der Umgang mit den vielen verschiedenartigen Menschen. Um auch anderen einen Einblick in diese teils aufregende, teils erheiternde Welt meines Kleider-Lädchens zu ermöglichen, habe ich dieses Büchlein geschrieben.

Ihr werdet erstaunt sein wie es dort
zugeht.

Start

Ein kleiner Second-Hand-Shop einer
sozialen Einrichtung liegt ganz in der
Nähe meiner Behausung.
Ich arbeite dort ehrenamtlich mit noch
einigen anderen ältlichen aber sehr
rüstigen Damen einen wöchentlichen
Nachmittag .
Es ist jedes mal das Highlight der Wo-
che.
Warum, werden Sie jetzt fragen.
Oh das werde ich Ihnen jetzt gerne er-
zählen und Sie werden es nicht bereuen
mir zu gelesen zu haben am Ende dieses
Büchleins.
Wer meint, sich dort wiederzufinden
hat nicht Recht, es sind vollkommen

andere Personen als Sie, sozusagen Fantasiefiguren.
Um 14 Uhr am Nachmittag beginnt die zweite Einkaufsschicht.
Da stehen dann schon ganz Ungeduldige vor der Tür und scharren mit den Schuhen, gucken genervt und demonstrativ auf ihre Uhr.
Das nützt aber nichts, die Tür geht dadurch keine Sekunde früher auf.
Dann endlich „ hereinspaziert" sagt mein Gesicht beim Aufschließen und ich muss aufpassen, dass ich nicht überrannt werde beim Ansturm in mein Kleider-Lädchen.
Schnell noch die Ständer mit Jacken und Schals herausgestellt und eine Kiste mit Krimskrams zum Verschenken.
Diese ist übrigens auch ein Magnet für scheue, schüchterne Typen, die sich nicht in den Laden trauen

wegen fehlendem Kleingeld und über-
haupt.
Etwas Kostenloses hat auch seinen
Reiz.

Heimlicher Machtkampf

Herr und Frau älteres lang verheiratetes Ehepaar beehrt uns heute wieder.
Schnell huschen beide in den Laden und jeder findet nach langem Herumsuchen ein schönes Stück.
Sie wacht mit Argusaugen über seine Funde, nimmt sie ihm wieder aus der Hand. Es sind wie immer Oberhemden die sie mit den Worten:

„Egon, du hast doch schon so viele"

wieder zurück in den Laden hängt.

Er bezahlt brav ihre Pullover und Blusen und sie verlassen gemeinsam den Laden.
Da, ich wusste es.

10

Kurze Zeit später öffnet sich die Türe
und „er" kommt zurück, alleine.
Huscht schnell zum Hemden-Ständer,
packt die drei bis vier Hemden die er
schon vorher ins Auge gefasst hatte
und legt sie mir mit triumphieren dem
Blick und Schalk in den Augen auf die
Theke.
Ha, da hat er doch sein holdes Weib
mal wieder ausgetrickst.
Ich zwinkere ihm zu.
Recht hat er, man gönnt sich ja sonst
nichts.
Die Alte bevormundet ihn zu sehr, da
muss er sich wehren und wenn es nur
mit heimlichen „Und-Doch-Einkäufen"
ist, schließlich verdient er das ganze
Geld und sie gibt es aus, unverschämt.

Außergewöhnliche Typen

Inzwischen tummeln sich eine Menge Interessierter im Laden, meistens immer die gleiche Kundschaft wie jeden Tag.

„Fräulein, haben Sie auch Fahrradhosen?"

Ich schicke den Frager in die Sportecke, aber nein, keine solchen da.
Er verlässt mit „Saftladen" auf den Lippen enttäuscht das Geschäft.

Gerade kommt eine vornehme, schlanke gut gebaute Dame im Minirock, sehr gepflegt.
Ich frage mich, ob sie sich (eher Edel-Boutique-Typ) bei uns im Second-Hand-Laden verirrt hat.

Doch sie schreitet graziös in Highheels
zu den Röcken und Blusen, greift sich
ein paar Stücke und verschwindet in
der Umkleide.
Kurze Zeit später kommt sie in einem
super kurzen Mini heraus und fragt mit
tiefer männlicher Stimme:

    "wie steht mir der?"

Ich muss erst einmal schlucken als ich
ihm ins Gesicht schaue. Bartstoppeln
überdeckt mit viel Rouge leuchten mir
entgegen und ja, es ist ein Transsexuel-
ler.
Ist gar nicht einfach, dann so unbefan-
gen zu tun als sei das üblich. Na ja, ich
hab es gelernt und freue mich jedes
Mal wenn er kommt.
Dann bin ich ihm behilflich beim Aussu-
chen und Anpassen und wir ratschen ein

wenig über sein Leben welches ich
jetzt auch ganz gut kenne.Es ist ein
Auf und Ab und gar nicht so leicht.
Unsere heutige Gesellschaft ist doch
noch sehr konservativ und stur. Die Ak-
zeptanz ungewohnter Lebensweisen und
nicht in die „Norm" passender Bilder
hapert noch sehr.
Ich versuche ganz bewusst und habe
das auch erst im Kleiderladen gelernt,
die Menschen so zu nehmen wie sie nun
mal sind.
Jeder ein Unikat.

   Sehr gewöhnungsbedürftig ist auch
der Herr, der einmal im Jahr nach Da-
men-Nylonstrümpfen fragt.
Die sind ja in der heutigen Zeit selten,
Strumpfhosen haben sie abgelöst.
Immerhin werden doch hin und wieder
welche abgegeben.

Diese lege ich dann extra für unseren
Strumpffetischisten beiseite.
Mir tut es nämlich jedes mal leid, wenn
er extra kommt mit erwartungsvollem
Blick und ich muss ihm sagen:

„leider keine Strümpfe da,"

mit hängendem Kopf trottet er von
dannen.
Findet er aber welche leuchten seine
Augen und er kauft alle die da sind.

Da macht man sich auch schon mal Ge-
danken wozu er die wohl braucht?
Ist ja auch egal, der Mann selber ist
ganz nett und das erfreut.
Jeder einzelne ein Unikat.

Zwischengedanken

Immer wieder geht die Tür auf und Menschen schleppen riesige blaue Säcke mit alter Kleidung herein.
Kartons mit Küchenutensilien, Büchern, Bildern und allem, was sie los werden wollen.
Hinten im Lager öffnet meine Kollegin solch einen Sack und es kommt ihr ein ahnungsvoller Duft entgegen.
Da hat mal wieder jemand uns mit einem Abfallhaufen verwechselt.
Den größten Teil müssen wir entsorgen.
Zum Glück passiert das nicht allzu oft .
Sehr erfreulich sind diese Spenden, die frisch gewaschen und gebügelt unseren Laden bereichern.

Es kommen glücklicherweise genauso viele Spenden herein, wie den Laden durch Verkauf derselben verlassen. Ich nenne das Rotationsprinzip und es funktioniert einfach wunderbar.

Ich will alles

Die Tür geht auf und herein hüpft flink ein kleines dünnes ältliches Weiblein. Sie nimmt den Rucksack vom Rücken stellt ihn neben meine Kassentheke und meint:

"kann ich das mal hier lassen?"

dann verschwindet sie in den Höhlen des Ladens und kommt erst nach einer guten Stunde wieder zum Vorschein, eine Menge Kleidungstücke im Arm. Sie verschwindet in der Umkleidekabine und alle fünf Minuten ein Jubelschrei aus derselben :

"oh das passt gut !"

wobei sie sich draußen vorm Spiegel postiert, dreht und wendet und alles mit Begeisterung nimmt. Diese Dinge stapelt sie dann auf ihren Rucksack den sie neben meiner Theke abgelegt hat. Nun läuft sie nach draußen wo eine große Kiste mit Verschenke-Artikeln steht. In der befindet sich alles, was nicht zu verkaufen ist.

Sie kramt und kramt, dann kommt sie mit ein paar Porzellantellern und zwei Glasschüsseln fröhlich zu mir und stellt auch diese Errungenschaften neben ih-ren Rucksack.

Der Berg an angesammelten Dingen wird größer und größer.....mir schwant nichts Gutes !!

Nun denke ich, sie wird zahlen, aber nein.

Das Persönchen rennt erneut in die Ladengewölbe und erscheint nicht wieder.
Endlich nach einer gefühlten Stunde kommt sie zum Vorschein, erneut den Arm voller Kleidung. Sie verschwindet in der Kabine und probiert mit lauten Jubelschreien.
Wieder wird der Einkaufshaufen neben mir größer.
Ich frage:

" wollen wir jetzt mal abrechnen und kassieren?

Sie zieht ihre dicke Jacke und den inzwischen aufgesetzten Rucksack wieder ab und meint:

"ach nein, ich schau noch mal in die Krimskrams-Kiste."

Sie rennt wieder raus vor die Türe.
Diesmal findet sie dort vier Spiele und
bringt sie zum abgelegten Haufen.
Inzwischen bin ich auf hundertachtzig,
meine Geduld ist fast am Ende.
Ich muss mich anstrengen, nichts aus-
fallend Freches zu ihr zu sagen und
gute Mine zum bösen Spiel zu machen.
Entspannt lächeln ist mein Motto.
Immerhin nervt sie mich schon seit
drei Stunden mit Fragen über all die
Dinge, die sie so anschleppt:

„meinen Sie, die Spiele sind noch
vollständig?
Steht mir der Pullover? Aus was ist
denn diese
Hose? Ist das Porzellan wertvoll?"

Ich habe leider dazwischen

noch eine Menge anderer Kundschaft
zu bewältigen.
Nachdem sie sich zum wiederholten
Male schnaufend aus - und angezogen
hat mit dicker Jacke und Rucksack
meint sie endlich:

    "so dann rechnen Sie mal alles zu-
sammen Fräuleinchen,"

Sie hat einen Ermäßigungs-Ausweis und
so macht der riesige Berg an Waren
nur 24.-Euro aus.
Lächelnd betrachtet sie ihren Einkauf
und meint:

    "kann ich ja gar nicht tragen, können
Sie mir das nicht nach Kiefersmilch
bringen ?"

ein Ort hinter der Grenze, etwa 30 km
entfernt.
Mache ein dummes Gesicht und erkläre
ihr, dass das nicht möglich ist. Hab keine Zeit, kein Auto und wieso sollte ich
überhaupt.

„Ja, dann muss ich wohl alles hier
lassen, schade!"

meint sie fröhlich unbeschwert und
verschwindet, mir ohne Skrupel einen
Haufen Arbeit hinterlassend.
Immerhin muss der ganze Krempel wieder an Ort und Stelle gebracht werden.

Verehrer

Im Laufe der Jahre haben sich auch
drei hartnäckige Verehrer etabliert
mit denen ich mich inzwischen duze.
Erst kommt der eine, dann der andere.
Sind drei nicht ganz einfache Männer
im besten Alter, so gegen Mitte fünf-
zig und immer auf der Suche.
Hier im Laden sind es Klamotten oder
anderer Haushaltskrempel, draußen
sind es Frauen.
Im Laufe der Zeit haben sie mir ihre
tragischen Lebensgeschichten erzählt,
sehr traurig und zum weinen. Sie kriegen einfach ihr Leben nicht so recht
auf die Reihe.
Da kommt meine Mülleimer – Mentali-
tät zum Tragen.

Ich sehe wohl aus, als könne ich viel
verkraften. Mein offenes mitfühlendes
Herz muss ganz schön was schlucken.

Früher habe ich die ganzen Probleme
von anderen mitgeschleppt, heute endlich gelernt, sie alle vor der Haustür zu
lassen bis auf ganz wenige die mir wich-
tig sind.
Meine Freunde sind davon natürlich
ausgeschlossen.

Zurück zu den bewussten Männern.
Sie überschütten mich ältere Dame
erst mal mit ziemlich für mich unglaub-
würdigen Komplimenten.
Meint neulich der eine:

    "wenn ich 20 Jahre jünger wäre,
täte ich dich sofort anbaggern."

Ha, ha, der meint wohl auch, dass mir
vor nichts graust oder ich vielleicht
männlichen Notstand hätte.
Aber nett ist das schon und ich sonne
mich in ihrer Freundlichkeit. Diese
sticht angenehm heraus zu den oft
missmutigen anderen Kunden.
Wenn die drei Verehrer etwas finden
für sich bringen sie es erst einmal zu
mir und fragen:

"steht mir das, was meinst du?"

Dann hören sie auch auf meinen Rat.
Meistens rede ich ihnen die Klamotten
aus, sie brauchen im Grunde genommen
nichts, haben durch täglichen Einkauf
hier bestimmt genug zu Hause herum-
liegen.
Es geht hier einzig und allein darum
sich

etwas zu leisten, einfach zu kaufen.
Meist haben sie auch kein oder wenig
Geld.

Die Klein – Geldfaust

Da gibt es zwei Pappenheimer, die kommen schon mit einer geschlossenen Faust in den Laden. Sie suchen und finden auch immer eine Kleinigkeit.
Die legen sie dann vor mich auf den Tresen, öffnen ihre Faust und lassen feuchte, warme Münzen heraus klappern.
Oh je, das Zählen dieser zum Teil ein- und zwei Cent ist mühsam und zeitaufwendig.
Wenn dann vielleicht mal 3 Cent zu viel dabei sind heißt es lapidar:

" ist für Sie."

„Oh danke, dass ist aber nett,"

rutscht mir dann noch aus dem Mund anstatt einem aber nur gedachtem „du

schon wieder mit deinen blöden Münzen!!"

Der große grüne Schein

Im Gegensatz zum Kleingeld gibt es
auch die Großgeld – Käufer.
Die kommen meist mit uninteressiertem
so a la "was will ich eigentlich hier"
Blick in den Laden.
Sie schlendern langsam zwischen die
Kleiderständer, schauen mal hier mal
da.
Ab und zu fassen sie auch ein Stück an,
tun so als seien sie interessiert.
Ich frage mich dann, was wollen die
hier?
Ziemlich schnell kommen sie dann zur
Kasse und legen ein ergattertes Teil,
meist sehr preiswert und gar nicht zu
ihnen passend, auf den Tresen.
Ganz gerne nehmen diese Spezies einen
Gürtel oder eine ausgefallene Krawatte
für jeweils einen Euro. Und oh Wunder,

sie legen mir einen 100 Euroschein vor
die Nase.
Ist es noch früh am Nachmittag, kann
ich ihnen ja ganz gut 99.-an herausge-
ben.
Nun ist mein ganzes Kleingeld futsch
und ich hoffe inständig, dass die nächsten Kunden passend zahlen können.

100.- Euro-Scheine sind ja selten und
ich mag sie nicht.

Ich glaube keiner mag sie, bei dem damit etwas Preiswertes bezahlt wird und
danach kein Kleingeld mehr in der Kasse ist.
Und manchmal kommt mir auch der Gedanke, ob die wohl falsch sind?

Stau an der Kasse

Wie schon im vorigen Kapitel erzählt kommt es ganz selten vor, dass ich kein passendes Kleingeld mehr habe, nur ein paar Fünfziger und einen Hunderter. Ich fragte den nächsten Kunden:

„haben sie es passend?"

„nein, leider nicht."

„dann können Sie jetzt nichts kaufen, ich kann nicht wechseln, gehen Sie doch mal zum Italiener nach nebenan."

Der Italiener wechselt nie, das weiß ich schon, trotzdem bin ich den Kunden erst mal los, gemein.
Der nächste steht schon und will zahlen.

„Tut mir leid, ich kann nicht her-
ausgeben. Drüben auf der anderen Sei-
te der Straße ist eine Post, vielleicht
können die wechseln,"

mein Vorschlag.
Und richtig, das Postgeschäft wechselt, aber nur wenn man etwas kauft.
Während das alles passiert kann es
sein, dass die Schlange vor der Kasse
länger und länger wird mit ungeduldi-
gen, murrenden Kunden.
Mein Stresspegel steigt auch entspre-
chend.
Wie erfreulich, wenn sich dann manchmal Glückspilze melden. Diese haben
das passende Geld für ihren Einkauf
parat. Sie legen dieses schnell auf den
Tresen und weg sind sie.

An manchen Tagen hat der Chef soviel Klein-Geld dabei, dass er es großzügig hergibt.

Überfall

Vor einiger Zeit gab es einen Überfall im Lädchen. Ganz schön aufregend das Ganze.
Ein älterer verwahrlost aussehender Mann betritt den Laden....dann ward er nicht mehr zu sehen.
Eine Kollegin geht in die Küche, unseren absoluten Privatraum. Der ist für Fremde tabu.
Wer steht dort lässig locker mit ihrer Geldbörse in der Hand?
Er muss sie aus ihrer Tasche entwendet haben.
Unser letzter Kunde.
Sie stellt sich ihm mutig entgegen, fragt:

"was machen Sie hier ?? Kommen Sie sofort heraus!!!"

Blitzschnell reagiert da unser Pappen-
heimer, duckt sich, lässt dabei den
Geldbeutel auf den Boden fallen.
Richtet sich wieder auf und stößt mit
beiden Händen die Kollegin gegen den
Oberkörper.
Sie fällt nach hinten auf eine Stein-
treppe.

   „Au"

ein heller Aufschrei entringt sich ihrer
Kehle.
Zwischenzeitlich haben dies noch andere Kunden mitbekommen. Mutig tritt
ein Herr in Unterhose aus der Umkleide, packt den Bösewicht und versucht
ihn festzuhalten.
Das kleine Männchen wehrt sich mit
Riesenkräften. Wer hätte ihm das zu-
getraut?

Da gesellt sich noch ein weiterer
beherzter Kunde hinzu und zu zweit
schaffen sie es. Sie haben ihn, drängen
das Bürschchen in eine Ecke und lassen
nicht mehr los.
Polizei erscheint und nimmt ihn erst
mal mit zur Wache.
Die Kollegin wird mit dem Kranken-
wagen ins Krankenhaus gefahren, sie
hat eine Beule und viele Blutergüsse am
Leib, die Arme.

Seit ich das weiß ist mir am Abend,
wenn ich alleine die Kasse abrechne
ganz schön mulmig.
Die Geschäftsleitung hat auch reagiert
und endlich mehrere Überwachungska-
meras eingebaut.
Für die vielen Diebe die auch hin und

wieder ein- und ausgehen ist es vielleicht auch eine Abschreckung, hoffentlich.

Obwohl da müsste ja auch ständig ein Mensch vor dem Monitor sitzen und hinein starren, beobachten.

Das wiederum gibt es wegen Personalmangels natürlich nicht.

Diebische Elstern

Gestohlen wird ja überall wie man so weiß, auch bei uns.
Meist kriegen wir das nicht mit, wenn es raffiniert geschieht. Wir können ja nicht überall unsere Augen haben.
Aber manchmal eben doch und da sind uns leider oft die Hände gebunden.
Man weiß ja, der Kunde ist König und solchen kann und darf man nicht einfach in die Tasche schauen.
Ganz dreist war neulich ein fremdländischer Mitbürger.
Die Laden-Tür geht auf, ein schmuddeliger Typ kommt flott herein und läuft schnurstracks auf einen Ständer mit Sportbekleidung zu.
Dort ergreift er eine schöne Hose der Marke Adidas und verschwindet mit dieser in der Umkleidekabine.

Nach kurzer Zeit kommt er hinaus. Die
Hose passt, er hat sie an.
Seine alte vor Dreck triefende unter
dem Arm geht er fröhlich zur Tür,
ruft:

„auf Wiedersehen"

und fort ist er.
Meine Kollegin fragt noch:

"hat er bei dir bezahlt?"

Nein hat er nicht aber was soll es,
lohnt sich nicht ihm hinterherzurennen.
Eine andere junge Frau verschwindet
mit ein paar modischen Klamotten un-
term Arm in die Kabine.
Nach langer Zeit kommt sie dort heraus, ihren Rucksack auf dem Rücken
und verschwindet mit einem
flotten"servus" aus dem Laden.
40

Ich denke noch, hat nichts gepasst, da
müssen die Kleidungsstücke ja in der
Kabine hängen.
Schaue nach und siehe da, leer.
Na ja, hat die junge Frau eben alles in
ihrem Rucksack versteckt.
Mich verblüfft nur immer wieder die
Dreistigkeit, mit denen die Diebe vor-
gehen.
Manchmal so schnell und raffiniert,
dass wir wie gelähmt sind und einfach
zu spät handeln.

Etikettenschwindel

Neulich betreten ein Opa und sein Enkel den Laden.
Flink wetzt der Kleine dem Alten voran zu den Pullovern für Herren.
Sie nehmen einen und tuscheln.
Wir beobachten, wie der Junge sich an dem Preisetikett zu schaffen macht.
Irgendetwas ist da nicht koscher. Er holt sich noch einen Damenpullover vom Ständer auf dem die reduzierten Klei-der hängen.
Die neuen Preise dort sind mit einem Rotstift gezeichnet.
Dann verschwinden die Beiden in der Umkleidekabine.
Wir haben ein Auge auf sie geworfen, uns schwant nichts gutes.
Kurze Zeit später kommen die beiden

wieder hervor und legen den Herren-
pullover auf den Tresen.
Siehe da, an ihm haftet nun das Schild
vom Damenpullover!!
Reduziert für den halben Preis!
Die beiden können ja nicht wissen, dass
wir einen sehr großen Männerpullover
nicht mit der Größe 38 auszeichnen.
Schwuppdiwupp schon sind sie über-
führt.
Der Chef kommt und sagt ihnen den Betrug auf den Kopf zu.
Opa versteht kein Deutsch und schaut
dümmlich erstaunt.
Der Kleine wird ganz blass und stam-
melt:

„Entschuldigung, Entschuldigung,"

„da nützt keine Entschuldigung, das
ist Betrug",

wettert der Chef:

„ich rufe die Polizei."

Der Kleine wird noch blasser und es ist
ihm merklich peinlich. Er sieht den Opa
an und erklärt ihm alles.
Einem kleinen Knilch wie ihm traut man
ja auch nicht solche Raffinesse zu.
Na ja, der Chef macht ein finsteres
Gesicht, drückt noch einmal ein Auge
zu und entlässt die beiden.
So schnell kann man gar nicht schauen
wie flink die den Laden mit hängenden
Köpfen verlassen.

Brautkleid ohne Hochzeit

Manchmal hängt bei uns auch ein Brautkleid, ganz in weiß ohne Rosenstrauß.
Wie gesagt, wir hatten gerade ein wunderschönes solches dort hängen....
aber will eine Braut überhaupt ein schon gebrauchtes Kleid?
Eher selten.
Doch eines Tages geht die Tür auf, hereinspaziert eine junge Dame.

„oh ein Brautkleid, wie schön,"

ruft sie freudig und eilt zu diesem hin.
Dabei erzählt sie, dass sie noch keinen Anwärter zum Heiraten hätte aber nach einem suchen werde.
Sie ergreift ehrfurchtsvoll das wunderschöne, weiße Stück und

verschwindet damit in der Umkleide.
Hinein trat eine unscheinbare Maus,
heraus kommt eine strahlende Braut.

„hab gerade kein Geld dabei, wo
gibt es denn hier eine Bank?"

fragt sie ganz aufgeregt.
Ich beschreibe ihr den Weg und sie
rennt sofort los, immer noch in dem
Brautkleid.
Erstaunte Blicke folgen ihr, sie ist ein
Highlight im Straßenverkehr und wun-
derschön anzusehen!!
Verwunderte Augen schauen ihr aus
allen Ecken und Enden hinterher.....
wow !!
Sie kommt zurück, legt das Geld mit
strahlenden Augen auf den Tresen,

zieht das Kleid aus und lässt es sich
ein packen.
Ob sie es jemals tragen wird??

Kleine Episode zwischendurch

Eine junge Dame betritt den Laden.
Sie sucht sich ein paar passende
Stücke aus und verschwindet in der
Kabine. Immer wieder kommt sie her-
aus in einem anderen Outfit und
fragt:

"wie steht mir das? Was meinen
Sie?"

Ich freue mich dann jedes mal mit ihr
und bekunde meine Meinung dazu.
Sie kauft zwei Pullover und als sie an
der Tür ist dreht sie sich zu mir um
und ruft mir zu:

„ Gott behüte Sie und danke, dass Sie
diesen Job machen."
Das fand ich mal wieder eine schöne
Geste und hat mich erfreut.
48

Skurrile alte Dame

Da kommt ja manchmal eine alte ganz dicke Dame mit ihrem Fahrrad vorbei.
Dieses Fahrrad ist an beiden Lenkern und auf dem Gepäckträger beladen mit Plastiktüten angefüllt mit allem möglichen Krempel.
Ich denke mal auch aus Containern und Abfallbehältern zusammengesucht.
Leider riecht diese Dame sehr, sehr stark nach ungewaschen und anderen Übeln.
Das ist dann oft so krass, dass man sich am liebsten die Nase zuhalten würde wenn sie in der Nähe steht.
Natürlich lasse ich mir nichts anmerken und stelle mich einfach in entsprechende Entfernung zu ihr.

Trotzdem rückt sie mir extrem auf
die Pelle.
Sie ist aber sehr nett, kann ab und zu
auch ganz schön Gift verspritzen.

Wen sie in ihr Herz geschlossen hat,
der wird von ihr „verwöhnt".
Zu den Auserwählten gehöre ich auch.
Dazu gehört, dass sie mir z.B. Haus-
schuhe strickt oder eine einzelne sehr
demolierte feuchte Küchenrolle auf
den Tresen stell, alles ein bisschen
sehr schmuddelig.
Vorgestern am 3. März hält sie mir
einen großen Schokoladennikolaus vor
die Nase und meint:

„Karin, der ist für Sie, habe ich in
der Tafel bekommen."

Die „Tafel" ist eine gute Einrichtung der verschiedensten karikativen Vereine für Mitbürger mit wenig Geld.
Diese können sich einmal in der Woche dort für 50 Cent aus einem reichhaltigen Sortiment von Lebensmitteln das heraus suchen was sie möchten.
Die Waren werden von den Discountern und Supermärkten aus der Region gespendet.
Es sind all diese Dinge, die nicht mehr verkauft werden können.
Was soll ich dazu sagen? Mache ein freudiges Gesicht und bedanke mich wobei ich mir nicht verkneifen kann zu bemerken:

„ich esse aber keine Süßigkeiten."

„dann schenken Sie ihn Ihrer Kollegin",

meint sie trocken.
Die Kolleginnen sind „hocherfreut"
und der Nikolaus landet im Mülleimer.
Gestern war sie mal wieder da.
Inzwischen habe ich beschlossen, sie
nicht mehr abzulehnen und zu denken:

„die schon wieder!"

Jetzt kann ich ihre Besuche mit
Humor sehen und als sie mal wieder
fragt:

"hast du schon Sehnsucht nach mir
gehabt, Karin?"

„Oh ja sehr,"

meine fröhliche Antwort.
52

Aus alt mach neu

Ein Mann kommt in das Geschäft,
ziemlich schmutzig und schmuddelig angezogen.
Er schlendert durch den Laden, schaut
hier und dort. Die Herrenjacken haben
es ihm angetan.
Er findet eine passende, zieht seine
alte aus, die neue an.
Schaut noch ein bisschen herum
und stolziert seelenruhig an uns Personal vorbei und verlässt den Laden.

Wir haben das alles erst so richtig rea-
lisiert und bemerkt, als er schon draußen und über alle Berge war.

Vornehme Dame spielt mit Babyklötzchen

Gestern legt mir eine vornehme Dame eine Schachtel mit sechs bunten Babyklötzchen auf den Tresen.
Zwei der Würfel haben innen eine kleine Glocke eingelassen.
Sie möchte wissen ob die Packung vollständig ist.
Obwohl ich ihr versichere, dass es so ist will sie sich selbst überzeugen und ich muss die zugeklebte Packung öffnen.
Sie schaut lange und interessiert hinein. Dann ist sie zufrieden.
Ich mache sie darauf aufmerksam, dass sie mit ihrer Ermässigungskarte nur für sich selber einkaufen darf. Das ist ja offensichtlich ein Babyspielzeug.
Sie schaut mich pikiert an und meint:

"ich spiele damit, ist das verboten ?"

"natürlich nicht",

entgegne ich ihr säuerlich und packe
die Spielklötzchen widerwillig ein.
Auch wenn ich ihr das nicht abnehme
muss ich gute Miene zum bösen Spiel
machen.
Dann ist die vornehme Dame eben ein
bisschen pervers oder sehr raffiniert.
Ich glaube eher Letzteres.

Blinder Passagier

Nach einem turbulenten
Nachmittag so gegen 18 Uhr schließen
wir erschöpft den Laden.
Die Außen-Ständer müssen herein
geholt werden sowie auch die Kartons
mit den Dingen die verschenkt
werden.
Sie sind hoffentlich leergeräumt von
Mitnehmern.
Dann schauen wir in das
unübersichtliche Ladengewölbe und
falls noch Kundschaft herumläuft
rufen wir lautstark (damit auch die
vermeintlich Schwerhörigen das
mitkriegen):

"wir schließen um 18 Uhr."

"ja, ja ich will nur noch ganz kurz schauen,"

so oder ähnlich im Text ruft es zurück.
Wieder einmal ist es soweit. Es befindet sich anscheinend niemand mehr im Laden.
Ich mache die Kasse, bringe diese in ihr Versteck, ziehe mich an und verlasse den Laden.
Am nächsten Morgen beginnt eine neue Schicht mit anderen Mitarbeitern.
Sie holen die Kasse und kontrollieren diese. Einige kochen sich einen Kaffee für zwischendurch und schlendern durch den noch leeren Laden.
Ganz hinten ist ein Lagerraum, dort werden die abgegebenen Sachen durchschaut und aussortiert.

Wie gesagt, eines Morgens war es
anders.
Den Schreck wird meine Kollegin nicht
vergessen der sie wie ein Blitz
durchfährt, als sie den Lagerraum
betritt.
Mitten im Zimmer auf einer Decke
liegt ein Mann in ziemlich abgewetzter
Kleidung und schnarcht vor sich hin.

    „chrrr..chrrrr .."

ertönt es lautstark.
Das Herz bleibt ihr stehen und noch
während sie hektisch überlegt was sie
machen soll wacht der Mann auf und
schaut ebenso verblüfft.
Er brabbelt ziemliches Kauderwelsch
während er sich erhebt und ganz
unschuldig schaut, zum Erbarmen und

Mitleid erregend:

   "tschuldigung, ich nix böse, nur
müde."

Es stellt sich heraus, dass er sich am
Abend bewusst im Laden versteckt hat
um dort trocken und sicher zu
übernachten.
In diesem Fall ruft meine Kollegin nicht
die Polizei und stellt sich tapfer der
ungewohnten Situation.

Neu entdeckte Lederjacke

Betritt eine nicht mehr ganz junge
Dame den Laden.
Sie war schon oft hier, ihr Mann
ebenfalls.
Sie kommen immer getrennt, niemals
zusammen.
Meist bringt er alte abgelegte Kleidung
von zu Hause mit.
Sehr ungewöhnlich dass sich die
Männer ums Entrümpeln kümmern.
Wie gesagt, die ältere Dame
entschwindet ins Ladengewölbe und
sieht sich um.
Nach einer ganzen Weile ein Aufschrei:

"huch...das ist doch meine gute
Lederjacke...hab

sie schon überall gesucht zu Hause.
Wie kommt die denn hierher?"

Sie hat den Fund auf dem Arm und
zeigt ihn ganz empört der Dame an der
Kasse, nämlich mir:

"wo kommt die Jacke her, das ist
meine...sehen Sie mal hier innen der
kleine blaue Fleck. Ich erkenne sie
genau wieder!!!"

Ich schaue sie hilflos an:

"keine Ahnung, hier sind nur Sachen
die gespendet wurden, vielleicht ist das
ja gar nicht ihre."

"doch,"

kreischt die Dame in hohem Ton.

"es ist meine, sie riecht ja sogar
nach mir, nach meinem Parfüm. Hier
riechen Sie mal,"

Sie hält mir die vermisste Jacke unter
die Nase.

    "Ich finde dass sie nur modrig, nach
Keller riecht,"

meine lapidare Antwort.
Entsetzen auf dem Gesicht der
Klägerin.
Eine andere Mitarbeiterin hat das alles
gehört und schaltet sich ein:

    "diese tolle Jacke hat vorgestern ein
 Herr hier abgegeben, zusammen mit
anderen Kleidungsstücken."

"Das muss mein Mann gewesen sein"

Sie holt ihr Handy aus der Handtasche, wählt eine Nummer und dann legt sie los:

"Egon, hast du meine Lederjacke in den Kleiderladen gebracht? Bist du nicht ganz gescheit?"

Er kommt gar nicht zu Wort. Sie überschüttet ihn mit Beschimpfungen und Ausdrücken, die ich lieber nicht wiedergeben möchte.
Harmlos sind da noch:

alter Egoist, Esel und Depp.

"Beruhigen Sie sich, kann doch mal vorkommen. Sie können die Jacke ja wieder mitnehmen. Alles kein Problem,"

versucht die Mitarbeiterin einzulenken.

"Der kann was erleben, wenn ich nach Hause komme,"

schnauft sie noch und ich möchte nicht in seiner Haut stecken .

Ist eben doch besser wenn in einer Partnerschaft nicht jeder sein Ding alleine macht beim Ausmisten angeblich nicht mehr zu gebrauchender Dinge. Man sollte sich absprechen. Jeder hat doch andere Vorstellungen.

Mir ist das aber auch mal so gegangen.

Da habe ich ein uraltes Sakko meines Mannes in die Kleidersammlung gegeben. Er hatte es mindestens gefühlte 20 Jahre nicht mehr angehabt und ich dachte, dass er nicht einmal mehr weiß, dass er es hat.
Es war wie verhext. Kaum war die Jacke weg, kam er auf die Idee, gerade diese anziehen zu wollen. Übrigens hätte sie gar nicht mehr gepasst, der Umfang meines Göttergatten hatte etwas zugelegt.
Es gab einen riesengroßen Krach bei uns zu Hause.
Ich wurde beschimpft und habe mich arg geschämt.
   Seitdem kommt es alle Jahre wieder einmal vor, dass er dieses

besondere Sakko vermisst und mich mit
neuen Schimpftiraden belegt.
Ich verstehe es nicht, so kommt doch
die Jacke auch nicht zurück !!!

Männer!!

Mit Absicht oder unbewusst

Immer wieder kommt es vor, dass Menschen nicht genug Kleingeld haben um das Gekaufte zu bezahlen.
Ich verstehe das nicht.
So wie neulich.
Lange Schlange vor der Kasse. Eine Frau legt eine Hose vor mich hin. Ich tippe den Preis in die Kasse und sage:

"2 Euro 85 Cent bitte."

Nun kramt sie ihr Portemonnaie aus der großen Handtasche und schaut hinein. Holt alles heraus was drin ist, legt es stolz vor mich hin und fängt an zu zählen. Es sind ganz viele ein und zwei Centstücke dabei. Das Zählen hält natürlich auf und dauert. Man muss

leider immer wieder von vorne anfangen
weil hier und da noch ein Cent
hervorkommt.
Die Frau kramt emsig und sichtlich
nervös in allen verfügbaren Mantel-
Jacken und - Hosentaschen.
Mehr als 2,50 kommen nicht zusammen.
Und nun?
Sie schaut mich fragend an. Ich bin ein
Kassenmuffel und kann leider nichts
stornieren.
Kurz kommt mir der Gedanke, ihr das
fehlende Geld zu schenken.
Ach nein, warum sollte ich? Wenn ich
das bei jedem machen würde der nicht
genug dabei hat???
Die lange Schlange hinter ihr macht
Augen und scharrt ungeduldig mit den
Füßen. Die Warte-Geduld geht zu Ende.

Besonders bei der Dame hinter ihr. Sie
entschließt sich ein großes Herz zu
haben und meint:

   "hier haben Sie 35 Cent, ich schenk
Sie ihnen,"

na endlich, geht doch.
Besagte Frau lacht glücklich, bedankt
sich und entschwindet.
Ich kann mich erinnern, dass sie öfter
mal nicht genug Geld hat und jedes mal
Glück. Ungeduldige großzügige
Menschen in der Reihe hinter ihr gibt
es immer wieder.

Seriöser Alkoholiker

Es ist nicht leicht, Kunden richtig
einzuschätzen. Ich versuche es
jedenfalls bei jedem und doch liege ich
manchmal völlig daneben.
Steht ein großer schlanker freundlich
lächelnder Herr vor mir und will eine
Jacke bezahlen.
Ich frage wie jedes mal ob er einen
Ermäßigungsausweis von uns hat. Mit
dem können wenig begüterte Leute zum
halben Preis einkaufen.
Er sagt nein und sieht aber aus, als
hätte er nicht viel Geld.
Ich entdecke mit einem Augenzwinkern
einen fast unsichtbaren kleinen Fleck
an der schon reichlich altmodischen
Hose und gebe sie ihm
ein paar Euro billiger.

Übrigens Männer-Hosen gehen ganz
schlecht, sind Ladenhüter.

Ein Lächeln erhellt sein Gesicht.

„Sie sind ein spiritueller Mensch, das
sieht man",

sagt er und ein Schwall Alkoholdunst
weht mir ins Gesicht.

„wieso?"

meine Frage .

„weil Leute wie Sie, die so großzügig
sind immer spirituell sind oder Engel".

Schön, ich fühle mich gut,
geschmeichelt und spirituell bin ich ja
auch.

Dann gibt mir der Kunde auch noch
die feuchte Hand und verabschiedet
sich mit weiteren Lobeshymnen.

Magersucht

Eine junge Frau spindeldürr und ganz
klein betritt den Laden.
Mit piepsiger Stimme ruft sie:

„hallo, ich schau mich mal um,"

dann verschwindet sie in den Gewölben.
Fündig geworden mit ein paar
Kleidungsstücken auf dem Arm betritt
sie eine Ankleidekabine
Kurz darauf steht sie in einem
hübschen passenden Kleid vorm großen
Spiegel, schaut sich an und ruft mit
weinerlicher Stimme:

„schauen sie mal wie dick ich darin
bin, besonders mein Bauch!!"

Ich sehe kein Gramm Fett an ihrem
mageren Körper und tröste sie:

„aber woher denn, sie sind ja sooo
schlank,"

dass sie direkt dürr ist will ich nicht
hervorbringen um sie nicht zu
verletzen.
Ein Wort ergibt das andere, sie glaubt
mir einfach nicht und deutet immer und
immer wieder auf die Stelle, wo bei
anderen der Bauch sich wölbt, bei ihr
aber eher eine Delle scheint.
Unglücklich dreinschauend zieht sie das
Kleid wieder aus, gibt es mir mit
traurigem Blick zurück und meint
weinerlich:

„ich muss erst noch abnehmen, bin
ja viel zu dick !!!"

so geht das jeden Tag aufs neue.
Die Arme, sie sieht sich ganz anders im
Spiegel als ich sie mit meinen Augen.

Kleiner Hund hebt Bein an großem Rucksack

Kommt eine langjährige Kundin mit kleinem Hündchen in den Laden.
Sie schaut sich um hier und dort.
Da was sehe ich ?
Ihr kleiner Liebling hebt das Bein genau an einem wunderschönen großen Rucksack der auf dem Boden steht und leert seelenruhig seine volle Blase an dem wertvollem Stück.

„hallo junge Frau,"

rufe ich in ihre Richtung,

„Ihr Hund hat gerade gegen den Rucksack hier gebieselt (bayrischer Ausdruck für Wasser lassen) !"

Sie dreht sich um, schaut mich empört
an, wie kann ich nur so etwas sagen?

„Tja, das wischen Sie jetzt trocken
und dann reinigen Sie den Rucksack."

Mit trotzigem Gesichtsausdruck
bringt sie ihren Hund vor die Ladentür,
bindet ihn dort fest und kommt zurück.
Sie nimmt mit süffisantem Lächeln und
irgendwie beleidigter Miene den
riesengroßen Rucksack, verschwindet
damit in der Toilette und säubert ihn.
Zum Trocknen wird er über einen
Kleider- Ständer gehängt.
Der kleine Täter draußen jault und
jammert in höchsten Tönen, es
schmerzt in den Ohren der
umstehenden Zuhörer.

Plötzlich reißt er sich los und kommt
zurück in den Laden um
schwanzwedelnd Frauchen zu suchen.

„Ihr Hund ist wieder drin,"

rufe ich empört in ihre Richtung.

„nehmen Sie ihn doch auf den Arm,
den Kleinen,"

schlägt ein Kunde vor.
Das tut sie dann auch und kann sich
leider nicht mehr so frei bewegen beim
Kleiderschauen wie vorher.
Sie verschwindet dann auch schnell und
lässt ihren Pfiffi das nächste mal
hoffentlich zu Hause.
Na ja, kann mir vorstellen, dass er da
dann auch ganz schön kläffen wird

so verwöhnt wie er ist.
Manchmal trifft der Satz ja zu:

"wie der Herr, so das Gescherr."

Glück oder Pech mit den Losen

Bei uns im Laden gibt es auch einen Lostopf aus Glas gefüllt mit vielen, vielen bunten Losen.

Der steht so, dass ihn die Kundschaft immer gut im Auge hat beim bezahlen.

Ja und da manche Menschen gerne das Glück herausfordern, kaufen sie sich hin und wieder ein Los.

Spannung beim mühseligen öffnen derselben. Ist ja nicht so einfach.

Bei den Jungen passiert das schnell, schnell, alte zittrige Hände mühen sich da schon recht ab. Manchmal so sehr, dass ich meine Hilfe anbiete.

Ja und dann die große Freude, zehn, zwanzig oder gar 50 Punkte, vielleicht

der Hauptgewinn.
Da strahlen sie über das ganze
Gesicht. Nieten gibt es natürlich auch
zu Hauf und ein enttäuschtes Gesicht.
Hat jemand gar keinen Gewinn tröste
ich mit meinem Standard – Spruch:

"Unglück im Spiel, Glück in der
Liebe."

Neulich ein gut aussehender älterer
Herr. Er zieht zwei Lose und hat zwei
Nieten.
Ich bringe brav mein Sprüchlein an:

„oh macht ja nichts, da haben Sie
Glück in der Liebe."

Er schaut mich erstaunt an und
meint ganz trocken:

„wo wohnen Sie?"

Das fand ich wiederum nett. Auf eine ernsthafte Antwort habe ich aber verzichtet, zu schüchtern!!

Vor einiger Zeit eine andere Loskäuferin. Zieht drei Lose, öffnet eines, legt die anderen zwei vor mich hin und meint:

"die sind für Sie."

„oh danke,"

erwidere ich und bin hoch erfreut. Dann gebe ich großzügig eines meiner Kollegin und das andere öffne ich selber.
Niete, na ja, dann eben Glück in der Liebe, das erfreut mich doch sehr.
Meine Kollegin lässt ihr Los achtlos liegen und meint dann:

„kannst du auch haben,"

ich bin stur und dränge es ihr auf, sage noch dazu:

„schau lieber nach, ist sicher ein Hauptgewinn."

Und ja, es ist einer. 25 Euro hat sie gewonnen.
Sie meint:

"woher wusstest du das?"

„klaro, bin Hellseher",

meine lapidare Antwort und stelle dabei mit Bedauern fest, dass es mich schon ärgert das Los nicht selber behalten zu haben.

Bis auf die Haut nass bei uns kein Problem

Es kommt schon mal vor, dass sich Menschen bei uns vollkommen neu einkleiden, von den Strümpfen, Unterwäsche bis zu den Anzügen und Kleidern.
Im Sommer großer Platzregen.
Die Tür geht auf und eine bis auf die Haut nasse Gestalt betritt den Laden.

„schnell, schnell ich brauche etwas Trockenes muss zum Bahnhof, mein Zug fährt in einer halben Stunde."

Wir suchen gemeinsam für die junge Frau ein neues Outfit.
Ein paar Socken, Gummistiefel, eine lange Hose und ein buntes T-Shirt.
Darüber passt noch eine Regenjacke mit Kapuze.

Alles zusammen für 12.- Euro.
Mit den nassen Klamotten in einer Tüte
verschwindet die Dame mit einem
zufriedenen Lächeln auf den Lippen
Richtung Bahnhof.

Maschinenpistole in Kinderhand

Der Anteil Ausländer gegenüber Deutschen ist in unserem Laden so ungefähr pi mal Daumen achtzig zu zwanzig.
Kommt ein türkischer Vater mit kleinem Sohn, vielleicht so vier Jahre alt, in den Laden.
Der Kleine trägt stolz eine Maschinenpistole aus Plastik in der Hand und ballert imaginär in die Gegend. Dabei quengelt und quietscht er in schrillen Tönen, ihm ist langweilig währen der Vater sich im Laden umschaut.
Da plötzlich nimmt er den Sohn an die Hand verlässt den Laden und draußen vor der Türe zückt er sein

Handy.

Was macht er damit?

Telefonieren?

Nein, er macht stolz Fotos von dem
Kleinen währen der mit seiner MP in die
Gegend zielt.

Das war übrigens genau an dem Tag, als
in Brüssel die Bomben am Flugplatz und
in der Metro hochgingen.

Mir kamen vor Wut die Tränen und ich
musste an mich halten den Vater nicht
anzuschreien, zu schütteln und zu
fragen was er sich dabei denkt.

Wahrscheinlich nichts.

So werden noch oft die kleinen Jungs
schon frühzeitig an Waffen gewöhnt so
als wäre es ein Butterbrot.

Dreiste Diebin trotz Video-überwachung

Nachdem sehr viel gestohlen wird in unserem Laden hat die Leitung be- schlossen, eine Videokamera zu instal- lieren. Gute Idee.
Wenn Sie nun aber glauben, dass hält die Menschen ab zu klauen, dann haben Sie sich geirrt.
Wie gesagt, sitzt eine Dame auf einem der Warte- Sessel und schaut in die Gegend. Dann steht sie auf und schlendert in unseren Privatraum. Der ist durch einen leichten Vorhang vom Verkaufsraum getrennt. Dort packt sie eine unserer Jacken, zieht sie an und verschwindet nach draußen.
Kaum ist sie weg meldet sich eine

Kundin und erzählt, was sie beobachtet
hat.
Zu spät, Jacke und Diebin sind weg.
Am Abend kommt die Polizei und das
Video wird angeschaut. Da ist klipp und
klar zu sehen, welche Kundin so ganz
dreist vor aller Augen geklaut hat.
Leider war diese Frau unbekannt und so
konnte man das Delikt nicht verfolgen.
Um das wirklich zu verhindern müsste
eine Person ständig die Kameras im
Auge behalten.
Wie soll das aber gehen bei dem
wenigen ehrenamtlichen Personal, die
haben anderes zu tun.

Leckere Weihnachtsplätzchen für alle

Es gibt komische, freche, unverschämte, schwierige aber auch sehr, sehr nette Kunden.
Diese lassen den Stress, der einen oft im Griff hat, ein wenig vergessen und erfreuen das Herz.
So wie z.B. vor Weihnachten eine ganz liebe Kundin durch die Tür tritt, ihren Trolli öffnet und einige Tüten mit selbstgebackenen Weihnachtsplätz-chen hervorholt.
Diese verteilt sie einzeln an jeden Mitarbeiter und bedankt sich für unsere Freundlichkeit, lobt uns.
Da nicht immer alle zur gleichen Zeit da sind kommt sie auch die nächsten

Tage und bringt weitere Plätzchen-
Tüten vorbei, bis alle zufrieden sind.

Das finde ich mal eine ganz tolle Geste.

Handeln wie im Basar

Immer wieder kommt es vor, dass einem Kunden die Preise nicht gefallen und sie mit uns feilschen wie im Orient. Das ist ja auch ganz schön aber bei uns nicht erlaubt. Es hängt auch extra ein Schild mit entsprechendem Inhalt gut zu sehen in Augenhöhe.
Vielleicht können und wollen manche nicht lesen und bleiben stur. Da versuchen wir zu erklären aber bei manchen löst das nur wütenden Protest und Unverständnis aus.
Entweder sie akzeptieren mit murrender Stimme und schmeißen das Geld zum Glück nicht uns an den Kopf sondern auf den Tresen oder sie verlassen fluchend den Laden.

Damit hatte ich am Anfang so meine Probleme aber inzwischen ein ganz dickes Fell.

Auch Charme hilft nicht beim Handeln

In unserem Kleider-Lädchen darf nicht gehandelt werden wie im letzten Kapitel erwähnt.
Es sind alles Festpreise und so niedrig, dass sich jeder etwas leisten kann.
Die meisten haben ja Ausweise mit denen sie zum halben Preis einkaufen können.
Und doch versucht es immer wieder mal ein Kunde die Preise noch ein wenig mehr zu drücken.
Da erinnere ich mich gerne an einen älteren Herrn.
Hat er etwas gekauft legt er den Gegenstand vor mich und fragt:

"was kostet das?"

"Steht ja hier auf dem Preisschild,
für Sie 3 Euro."

"Zwei Euro,"

entgegnet der nette Herr und lächelt
mich wirklich äußerst verführerisch an.

"Nein, 3 Euro,wir sind hier nicht im
Orient",

entgegne ich höflich.
Und wieder sein Lächeln welches mir
wirklich gut gefällt. Ich muss
aufpassen, dass ich nicht weich werde.

"zwei Euro, bitte",

"nein, geht nicht,tut mir leid. Wenn
ich das bei Ihnen durchgehen lasse,

wollen die anderen das alle auch."

"Sie haben ein hartes Herz"

meint er mit traurigem Blick.
Widerwillig legt er 3 Euro hin und
verschwindet.
Dieser Herr mit dem unwiderstehlichen
Lächeln und einer großen Portion
Charme versucht es jede Woche
wieder, mir gefällt das.

Unfreundliches Handeln

Ja das gibt es auch und nicht zu selten.

Wir haben wie gesagt deshalb schon ein großes Schild angebracht auf dem steht, dass wir Festpreise haben und nicht handeln.

Stelle gerade fest, dass es meist die Männer sind, die handeln wollen, Frauen tun dies weniger.

Kommt also ein Mann stellt einen Schuh auf den Tresen und verlangt den zweiten.

Ich hole den aus dem Lager und er schaut auf den Preis. 6.- Euro, für ihn mit Ausweis nur 3 Euro.

"Zwei Euro!"

meint er mit grimmigem Blick.

"Nein, 3 Euro,"

meine stereotype Antwort.

"zwei Euro!"

er legt demonstrativ 2 Euro vor mich
hin.

"Tut mir leid, der Schuh kostet 3
Euro, wir handeln nicht,"

ich deute ärgerlich auf besagtes Schild
in meiner Verzweiflung.
Er stößt einen undefinierbaren Fluch
aus und schmeißt noch einen Euro
zusätzlich auf den Tresen.
Sein Blick ist finster und bedrohlich.
Solche Einkäufer mag ich nicht.

Penetranter Gestank im Kleider-sack

Also neulich haben wir uns alle im Laden gegraust.
Eine größere Plastiktüte wird meiner Kollegin im Laden in die Hand gedrückt mit den Worten:

„ hier ein paar tolle Klamotten für euch."

Sie rennt freudestrahlend damit in das Kleider-Lager und leert die Tüte auf dem Arbeitstisch aus.
Pfui Teufel noch eins......vor ihren erstaunten Augen kommen zuerst ein paar Kleidungsstücke zum Vorschein und anschließend stinkender Küchenabfall wie Eierschalen,

Essensreste und vergammeltes Obst.

Der Gestank ist so penetrant dass ihr übel wird und sie würgend nach Verstärkung ruft. Alle Anwesenden kommen angerannt und schauen angewidert und erstaunt auf die Bescherung.

Na ja, wieder eine neue Erfahrung.

Einzelne Schuhe

Unsere Schuhe stehen immer nur einzeln im Laden.
Und warum wohl?
Es ist schon zu oft vorgekommen, das Kunden die Schuhe angezogen haben und damit munter aus dem Laden spaziert sind. Manche haben dazu noch ihre Uralt-Treter stehen lassen in großzügiger Weise.
Einen Nachteil hat das ganze.
Ist man alleine an der Kasse und jemand möchte seinen zweiten Schuh kann das ganz schön aufhalten. Den muss man nämlich in unserer privaten Küche aus einem übervollem Regal mit dem entsprechendem Pendant heraussuchen.
Das ist wie die Nadel im Heuhaufen,

besonders unangenehm wenn noch eine lange Kundenschlange an der Kasse steht.

Da wäre es mir schon manchmal lieber der ein oder andere geht ohne Bezahlung mit den Schuhen weg. So viele waren das sicher auch nicht.

Öffentlicher Spielplatz

Einige Großfamilien von denen es bei uns sehr viele gibt, bevölkern jeden Nachmittag den Laden, meist sind es dunkle, andersfarbige Mitbewohner. Das sind z.B. zwei Mütter mit bis zu sechs Kindern, vier davon rennen plärrend durch den Laden, zwei sitzen oder liegen im Kinderwagen und schreien

Die Mütter laufend ratschend durch die Angebote und kümmern sich wenig oder gar nicht um ihre Kinder. Diese spielen zwischen den Kleiderständern, reißen dabei alles mögliche herunter oder turnen an den Haltegriffen der Treppe, dabei machen sie einen Höllenlärm. Zwischendurch setzt sich

mal eine oder die andere der Mütter
mit ihrem Säugling auf eine Stufe und
gibt dem Kleinen die Brust. Dabei
holen sie noch weitere Brotzeiten
hervor und machen eine Art Picknick.
Meine schon etwas ältere Kollegin regt
sich da immer furchtbar auf, weil sie
alles aufräumen muss was die Kinder
herunterreißen.
Sie hat einmal etwas gesagt und zwar
dass die Mütter ihren Kinder hinterher
räumen sollen. Antwort war:

"mach du selber, dafür bist du da."

und manch andere Kundschaft hat sich
auch über ihre Bitte aufgeregt mit der
Bemerkung:

"sind doch Kinder,"

Das hat sie so belastet, dass sie in
dieser Nacht nicht schlafen konnte und
noch tagelang überlegt hat ob sie
nicht aufhören solle in diesem Laden.
Immerhin arbeiten wir alle
ehrenamtlich.

Die ewig zu späten

Das sind die, die immer auf den letzten Drücker kommen kurz vor Schluss.

Von einigen wissen wir, dass sie erst mal den ganzen Tag ihren Rausch ausschlafen, das sind die Alkoholabhängigen.

Andere kommen aus Prinzip so spät als ob sie gerne unter Druck stehen beim kaufen.

Die suchen dann einen riesigen Berg Kleidungsstücke aus, tragen den in die Umkleide und probieren so als hätten sie alle Zeit der Welt.

Dann plötzlich merken sie, dass es nicht zu schaffen ist und lassen alle Kleidungsstücke und sonstige Utensilien bis auf den nächsten Tag zurücklegen.

Schon komisch der Mensch denke ich
dann.

Noch so ein Klau-Trick

Die Tür geht auf, ein mittelalterlicher Mann betritt forsch den Laden.
Ich schaue ihm hinterher denn es ist gerade recht leer.
Er hat eine graue Stoffjacke an und schwarze Hosen.
Nach einer Weile kommt er zurück mit einer braunen Jacke.
Nanu denke ich und schau mal was er so tut.
Nichts tut er.
Er geht stolz erhobenen Hauptes Richtung Tür.

„halt"

rufe ich,

„wo wollen Sie hin?"

gleichzeitig laufe ich ihm hinterher und
postiere mich bedrohlich vor ihn.

„was ist mit der Jacke, die haben sie
doch nicht angehabt?"

„doch natürlich, das ist meine."

entgegnet er patzig.
Wir dürfen ja die Kundschaft zwar
verdächtigen, aber nicht körperlich
anfassen oder untersuchen. Natürlich
auch nicht in deren Taschen schauen,
wenn die nicht wollen.
Da sehe ich zufällig unser weißes
Preisschild aus seinem Kragen leuchten
und rufe triumphierend:

„schauen Sie mal, hier hinten hängt
ja noch das Preisschild,"

Tatsächlich leuchtet dieses hell und
neugierig hervor.

Die meisten Diebe machen das Indiz ja
ab bevor sie die Ware entwenden.
Oft stecken sie diese Schilder in
andere Taschen von Kleidungsstücken.
Er schaut frech und meint:

"na und und, das sagt doch gar
nichts, das ist meine Jacke,"

Inzwischen ist unsere Chefin
gekommen und die kennt keine Skrupel.
Sie meint nur:

„ausziehen oder ich rufe die Polizei,
das ist eindeutig unsere Jacke!!!"

Da endlich wird der arme Mann weich
und bekommt es mit der Angst.
Er zieht die Jacke aus und wirft sie ihr
vor die Füße.

„Sie wissen schon, dass Sie
Hausverbot haben bei uns ab heute!!!"

ist ihre niederschmetternde Antwort.
Es wird ein Foto von ihm an unsere
Pinnwand in unserem Privatbereich
gehängt neben dem steht, dass er den
Laden nicht mehr betreten darf.
So kann es jeder lesen und danach
handeln.

Abendlicher Rundgang im Ladengewölbe

Ab halb sechs widmen wir uns nur noch dem Aufräumen im Laden. Da gibt es wirklich eine Menge zu tun.
Einsame Kleider- Bügel einsammeln.
Heruntergefallene Kleidungsstücke aufhängen.
Alles was die Kundschaft selber wieder, aber leider an verkehrter Stelle, auf die Stangen gehängt hat, an seinen richtigen Standort deponieren.
Leere Schachteln einsammeln, aus denen irgend jemand den Inhalt geklaut hat, klammheimlich natürlich, unbeobachtet.
So etwas kommt öfter vor.
Das Lager aufräumen.

Durcheinandergewürfelte BH und
Schals ordentlich zusammenlegen und,
und, und.
Zu guter Letzt noch die Einnahmen
abrechnen, Geld zählen.
Jedes mal die große Überraschung,
stimmt die Kasse oder nicht. Manchmal
ist mehr darin manchmal weniger,
meistens aber genau der Betrag, der
sich gehört und erwartet wird.
Dann ab nach Hause.
Dort merkt man dann endlich wie viel
man geleistet hat, herumgelaufen ist,
treppauf, treppab.
Dann heißt es etwas Leckeres essen
und Füße hochlegen.
Wie gesagt, das Kleider-Lädchen ist
mein Hobby, mein Blick - und
Herzkontakt zur Außenwelt.

Nachwort

Eigentlich sollte das Büchlein hier enden.

Leider gibt es in meiner Vorlage noch soo viele leere Seiten, von denen ich leider nicht weiß wie man sie löscht. So bin ich auf die Idee gekommen, diese einfach noch zu füllen mit Buchstaben die aus meinem fast leeren, ausgetrocknetem Hirn heraussprudeln. Da ich leider knapp bei Kasse bin schreibe ich in Eigenregie und das ist für eine etwas in die Jahre gekommene Dame wie mich sehr, sehr kompliziert. Es sind schon bis jetzt gefühlte mehrere tausend Stunden, die ich hier vorm PC verbracht habe.

Beim ersten Buch ging alles viel leichter.

Hätte ich vorher gewusst wie schwer
das jetzt alles ist, ich glaube dann
hätte ich gar nicht mehr angefangen.
Es war wie verhext.
Kaum habe ich einen Text
abgespeichert und am nächsten Tag
wieder geöffnet, sah alles total anders
aus als vorher.
Text und Seitenzahlen haben sich
irgendwohin verdrückt.
Und überhaupt die Nummerierung, an
der habe ich mir tagelang die Zähne
ausgebissen.
Ganz kurz kam mir zwischendurch der
Gedanke:

     „du hast ja Kinder und Enkel, die
sich voll auskennen mit PC und so."

Hab ich aber gleich wieder losgelassen.

Ist wie bei einem Schreiner zu Hause.
Da hängen auch die Schubladen schief
und die Stuhlbeine wackeln.
In der eigenen Familie wird nicht so
gerne das vorhandene beruflich
genutzte Talent angewendet.
Ja und so habe ich gleich gar nicht
gefragt!
Hatte keine Lust auf die Antwort:

„ach Oma...hab gerade keine Zeit.."

Nicht gegen meine Enkel...die sind alle
drei super...!!!
Und ich liebe sie...besonders den
kleinen Nachzügler mit 6 Monaten !!!
Ob die sich wohl über mein Lädchen-
Buch freuen??
Egal, mir hat es doch Spaß gemacht zu

schreiben und mich durchs world wide
web zu ackern, irgend etwas bleibt
immer hängen.
Ja und meine lieben Kinder und Enkel
sind hoffentlich stolz auf ihre alte
Mutter und Großmutter während sie in
meinem Büchlein stöbern.

Als nächstes und letztes...vielleicht..
schreibe ich noch meine Auto-
Biografie.
Da kann ich schon jetzt sagen, das wird
ein Lebens-Krimi!!

Und jetzt bitte liebe Leser habt
Nachsicht und urteilt nicht zu hart
über eventuelle Fehler und kleine
Ungereimtheiten im Layout dieses
Büchleins.

ES IST GESCHAFFT !!!!